淨土

Pure Land

我們的夢
在充滿光耀的土壤上
　　　紮根
並綻開
紛飛的暖香

時間將耐心等候我們
退去年華

序

　　「那未知的國度　何處是你存在的淨土　離別的傷痛
已碎裂成回憶的殘骸」攤開這本詩集，淡淡的惆悵，
隨著簡單的文字流淌，帶著豐沛的思緒，航向遠方。緣
起緣滅，人生有著太多的遺憾和無奈，午夜夢迴，抑或
隻身走在孤獨的街道，常會不經意的鉤勾起許多回憶的
片段，那怕只是斷簡殘篇，亦叫人潸然淚下。有時雖時
過已久，痛楚卻依舊清晰，細數累累傷痕，哭著卻也笑
著，每次回首，總有些事過境遷的滄桑。「該如何　飛
奔去　那方淨地　好讓我們了悟　曾經失落哀傷的流浪」、
「我未曾離開你的掌心，我們註定記得的每一道傷口
上　遊走的每一滴眼淚」品嚐這字字句句的同時，亦隨
之攤開了所有的生命章曲，再做一次深刻的旅行。我們
感嘆這樣的結局，卻也了然於心，或許如此珍藏而能反
覆溫習的，其實更接近永恆。時間緩緩流過，往日的錯
誤與埋怨，如今更能寬容以對。不停在記憶中檢視著自
己，依稀看見了你，也看見我的身影；曾經的執念，已
能笑著看待，縱然顛躓迷失過，那點滴歷程，亦是種真
實的幸福。

　　成長總是酸澀刺痛著的，讀著此書時，我如是想。有時覺得心老了，不再像當初還擁有飛翔的勇氣，可能連展翅都戒慎恐懼。但每個人的心裡都有一片淨土，那是自己留給自己的，一切都只在方寸之間。「你知道我沒有急促的步伐 我一向很平靜 我會存在 你所願意的溫度裡 終將伴著我們共有的淨土」在那兒，可以瞧見夢想的樣貌，無論是已經實現的、將要實現的或是未能實現的。「我們都要把握 註定徹夜守著的承諾 儘管心已經到達不了 始終落在幻想出發點的居地」經過歲月的淘洗，我們漸漸明白：曾經交會，已彌足珍貴；相遇本身即是種美麗，即便錯過，依舊滿足於那單純的許諾。今後仍會這樣守著這片土地，你我存在的居所，於是情誼不墜，故事不滅，縱使我們不斷屈前……。

沁雨

Contents

Contents

敬親、敬愛

—— 贈 CJ ——

淨土 flying flying flying flying flying flying flying flying

那未知的國度　何處是你存在的淨土　離別的傷痛
已碎裂成回憶的殘骸　我的一生　帶著你無言的悲悽
我無法在湍急的河流中洗滌傷口

我堅強的意志　用磨難的苦旅　思索著　你我一片

　　　　　　　　　　白茫茫的過往

淨土

再給你一次
相望的幸福

我不要你
容許原諒
生命形式的際遇

前方的生與死
不畏
長漫的旅途

歷史的情境
有不同的歌

日出與日落
城市一幕幕
不再侵擾你
蒼老地
沈沈睡去

淨土 flying flying flying flying flying flying

我無法留住　你的光芒　但我的感官與心靈　緊綁

你賜予我的親護　並廣闊著　無價之愛

遠行的旅人

風的力量
未曾驚訊
將帶往你
那深不可測的國度

　　在黑夜
無法負載的悲悽裡
你已永恆道別

你的一生
在我飛翔的夢土上
已碎裂成淚滴

生命的旅程
　　炫亮
你遙不可及的心境

你說
你歸航的孤舟
已被嶄新的生命
　　　取代

忘不掉的
思思念念
　　絆住
你我之間太多的牽掛

時間是教人心碎的
離別與相逢

希望你還在遠方

淨土 flying flying flying flying flying flying

flying

我願是為你繽紛著　永不凋蓋的花朵

儘管風起是今生注定　即使迷途是我慣有的　驚慌與煎熬

flying flying flying flying flying　　flying flying

延續

歷史是唯一
誕生的憑證

秘密的死寂
　　傳令
那頑強的命運

我們分佈在
微薄的力量

人生的際遇
需要用耐心去解釋

緣與命輪迴延續
世間的飄零

該如何
飛奔去
那方淨地

好讓我們了悟
曾經失落哀傷的流浪
繁花豐草依舊

淨土 flying flying flying flying flying flying 人

flying

每一幕麗影　無聲刻劃　沈厚的節拍

所謂宿命　只是所有可能的預警

定位

青春是一首
古老的詩

　或許
更多的完美
已被風雨吹散

此生與你相識
那代表
我一生
最奢侈的幸福

你應該了解
所有親情、愛情、友情
無法重來的理由

那些光環
　　榮耀
不如
你給我的點滴更璀璨

　　我向來不在意
　　旋轉木馬般的冒險

生活與創作之間
你已存在了一種曲調
為我引導著
如何在流失的時光裡
企圖尋找
另一個真實

淨土

我的確為了　經常翻閱　你的點滴　投降於謙卑

　　看見你走過的足跡　你是我另一個　最親近我的手足

我相信　你我短暫的時日　可以化爲永恆　在生命的旅程中

或長或短　你是我最後一次　絕好的相遇

flying flying flying flying flying　　flying flying

這一路

夢的深邃
耐得起
一次又一次的艱難

辛苦與甘甜
才會知道
什麼是真正的過程

人生是一場
無法避免的無奈

將生命中的美
　　留在
不能忘卻的深處

儘管時光
任歲月
　　侵蝕
我習慣生活著
人間無情有情
在指掌的收放之間

因為這一路
希望悲傷與喜悅
你是一盞明燈

淨土 flying flying flying flying flying flying

秋天很快就來了　這一季的時間　短暫而迷濛　而我們

無望地等待著　傷心故事的結局

明白

卸下心中
久久的懸念

讓永恆的定義
　　　代替
每一頁日記的
朝朝暮暮

　　　尋找
被晨曦
染暈一點的枯葉

風已失速的步伐
殘酷地吹響
冗長的四季

　　或許
生命的最終本質
是一種
延續的方式存在

當一切已透露
一生中的珍貴
我將背上
不需說再見的相遇

將時間與空間
留給你我未來的足跡

淨土 flying flying flying flying flying flying

願風　忘形帶走　不寐的子夜

　　　　　　眼淚再次　屬於我們

陪伴

命運的陳年火炬
支配著想像的謙卑

發慌的堅持
束縛你
悄悄散發的氣息

願風
忘形帶走
不寐的子夜
眼淚再次
屬於我們

我會給你帶來
更多的歡樂時光

在無歌的天涯
我們有許多
不容相棄的回憶

生命承載的是
不再復返的際遇

在不結的夢
你所展露的是
我唯一的燦爛

淨土

其實日子是很孤單的　無法調溶於　越來越不能擺脫的慌亂

轉身已尋不到　唯一的方向

淨土

日子

生活，季節
日復一日
　　　年復一年
不斷地活躍
可以挽回的
　　　無可挽回的
疾速墜落

慵懶的時間
由於季節的招喚
來不及一一認識
這世界太多的聲音

生命僅能緊握住
短暫的輸贏
開始和結束
無動於衷地運行

無數個心願
從激動的鼓聲中
奔馳而來

沈重的執著
　　從淚水中甦醒
美麗譜成的憂傷
　　在寂寞的海洋翻滾

真實的展現
從青澀的枝幹
無法脫身

懸崖下的縹緲
冷靜而動容

夕陽留下的驚悟
留待你翻查
日子變換的惘然

淨土 flying flying flying flying flying flying

喜歡你是　我永恆的缺憾　像在晴天的上空　斷了線的風箏

釋放

喜歡你是
我永恆的缺憾
像在青天的上空
斷了線的風箏

與你初識
我不再是一顆
靜止的心

我們無法在
溫柔安適的夢中
相擁而眠

我未曾告別
你的掌心
我們註定記得的
每一道傷口上
游走的每一滴眼淚

我願為絕望與救贖
　一直謄寫著
　一場從不曾存在的幸福

寒星的話語
垂憐的祈文
由於時光來得太晚
無緣為我們留下
天使的足跡

淨土 flying flying flying flying flying flying

你沈重的步伐　空氣中　散播著　不捨的飄渺

我輕輕的呼喚 描繪一片 不盡的想念

繫

所有未來的源自
悄然聚集
　　失事的遊戲
　　滿載你的足印

我們的時鐘
靜止在剎那

我在你眼前
睡去百年

我沒有太多
完整而明麗的際遇

甚至
我的前來是
不想背離
始終無法
相攜的心子

折翼的蝶
也曾有過希望

為這瞬間的得與失
織一縷
絕美的來世

淨土

將我們的情誼　久久放著　別讓時間都停止　受刮風　遇寒冷
只要世界在旋轉　我們依然看見　它手舞足蹈的樣子

華麗的冒險

請將不安
　　　交付於
瀟灑的黑夜
接受在你心靈上
唯一的信賴

——我華麗的冒險
不會引起
你心情的不同回響——

不偏不倚
收納你
揮拭不去的落寞
作為我們
青春與純真的晨輝

我不會
從你洞悉的眼神
　　消隱
用翠綠的心事
　　忐忑在
我無法侵擾的幸福裡

請安心
季節不會哀傷

我已預先儲藏好
　　每一頁
洋溢唯美的記憶

怎麼樣構想的一個地方　才是屬於我們的淨土　我一直嘗試
去填補　你未曾知道的某些事

我知已遲　對我而言　你是　最珍貴的手足

047

不會荒蕪

輝耀的秋風
　　跌落
歪斜的幽冥

心被痛苦的音符
　　填滿

我們是
似幻夢境中
狹隘的淨土

一個來生
延續著
一個悟然

這是最後一場悲劇
　　熟悉的昨日
　　意猶未盡

我深信
一路仍有
你暖暖的手足

得來不易是
你給的一切

而你深深的足印
為我重續
待翻的歲月

049

淨土

你是我與生俱來　潛藏在心底的光芒

　　　　總是牽引我渡過　弱不禁風的歲月

我們的歌

你是我與生俱來
潛藏在心底的光芒
總是牽引的渡過
弱不禁風的歲月

風雨中的我們
　　已恨透
流浪的夢魘

沈默是我們
釋放過重期望的方式
距離，對我們來說
只是另一種新生

我們的行囊
裝滿了
永不墜落的往昔

我們還有
長長的時光
　　書寫
放下與寬容的過程

因為這一切的美好
讓我深信
你重複不變的方向

淨土 flying flying flying flying flying flying

願夢想拋下　傳說中的淨地　緣份代表　真摯的里程

在錯失了的　每一個選項裡　只有回憶　險步生存

情節

秋天已悄悄爬上
滿腔的思念

夜
似乎不願清醒
從這場好夢

在時間的往返中
故事
只留下
熱淚和相思的
頓悟輪迴

初綻的情
　　成了
風雨構成的
寂寞航程

我守住昔日
最後一場歡笑
包括我說不出口
宿命般的依戀

纏繞周圍的
只有倔強
　　後悔

記憶中的微笑
卻始終
包容我的態度

淨土 flying flying flying flying flying flying
flying

從夜的深邃　思念　努力尋找　最適當的出口

所有的謊言　都有一份　不得已的隱藏

出口

日子像虛構的幸福
徘徊於城市的街景

所幸
我幾近狼藉的塵心
來到你一方
舒適的淨土

你用無形的方式
安靜守候

我祈求
我能解讀
你的相思

眼淚像
耗盡生命的病魔
始終停留在
無法吐納的嘆息裡

在短暫的相聚
我們親手植下
無數個渴慕

彼此瞳中的喜樂
不再追溯
失群的悲憤

流放過重的滄桑
　　續一個
難以落幕的豪情

淨土 flying flying flying flying flying flying flying

共留一段　單純的情懷　誓言已成　寫不盡的歲月

起聲與尾聲

往昔的一切
瞬間開謝在
缺少陽光的翳雲

當樂曲奏響時
閃爍的光芒
　滿綴
已蒼老的心

共留一段
單純的情懷
誓言已成
寫不盡的歲月

天邊的彩衣
攜帶夢想的不悔
朝昇暮落
串起一片片
屏息的風景

思念飄落
字裡行間
行行夾帶
無知的泣聲

　　乘著
存在定義的遐想
靜候一朵
解凍的心

淨土 flying flying flying flying flying flying flying

穿越時空　我們已找到　陌生的幸福

你說過的每一種喜悅　無意中　已佔滿我心

拾憶

我一直尋找
隔著早春
飛落的寧靜

季節已換去
每一條街的景色

──你是夜裡
努力為我
喘息的痛──

淚水
　　　已遠航

雲
無聲地凍成
亮麗的夜氛

藏在月色中
點、滴、片、障
驟然奏出
我來不及寫出的樂章

flying flying flying flying flying　　flying flying

淨土 flying flying flying flying flying flying

在時間的洪流　我們渺渺相識

想念是用夢織成的幸福

請聽我細訴　來自你的點滴　相信每一種過程

引起我們　想像中簡單

事過境遷

急速遠離
　一種
莫名的思緒

尋一處
可以卸下行囊的地方

厚厚的覺悟
突然失了速

空氣中燃燒著
你芬芳的溫柔

不想太難
因為明白
　　我們之間
　　非關風月

生命中的起伏
必須兼顧悲歡
我們的生活
需要豐盛的成長

請聽我細訴
來自你的點滴
相信每一種過程
引起我們
想像中簡單

淨土 flying flying flying flying flying flying flying

你畫在風中的思念　還在等待　千里萬丈的塵沙

勇氣

過往的每一幕
絡織在
千結詩行

浮現於腦海的
總是揮之不去的故事

我不想用眼淚
趕走夜光

真摯的情誼
不肯低頭地
紮根在夢土上

星星草原
細細收納
即將垂淚而死的哀愁

浪漫是一種
憐愛的擔負

──如果
你懂得
我心靈的繫歌

──如果
寒夜懂得
悲喜交集的往事

我足夠勇氣
面對一場
刺骨的相思

淨土 flying flying flying flying flying flying

捨不得離去　想你的每一滴時光　長久以來

我總在淚的圖框中甦醒　想你　我可以減輕疼痛

你知道我沒有急促的步伐　我一向很平靜　我會存在
你願意的溫度裡　終將伴著　我們共同擁有的淨土

相隔

希望這個街角
籠罩著
思念你的味道

我知道
只要輕輕推開
往昔的淚簾
就能找出
你的蹤跡

至於草風
已刺破我的命運

變奏的青春
覆蓋模糊的記憶

理想是一首
幻滅的曲別
想念來自
深邃的呼喚

流星在剎那
告訴今生的抉擇

我看見洶湧的殘冬
倚摟著一顆
傷痛的心

相思痕已深
我已走向
無垠的夢

淨土 flying flying flying flying flying flying

回憶是簡單的　憂傷與快樂　我一直放牧它在我心深處

返

留不住
旭日初昇的荷葉

守望的溫柔
隨光影跌入
午寐的別境

微光中的倒影
往返遷徙

十字路口
即將找到
彼此的默契

藍透的雲
思索著
時空的浩瀚

風聲雨勢
不斷演繹
一整季的光陰

　放牧
不捨離去的
憂傷與快樂

用慈悲的生存
將生活原來的面貌
　　寄望在
想像的淨土上

淨土
flying flying flying flying flying flying flying

綠風引領我　走進你的高空

熟悉的生活　揮動著　似深似淺的傷痕

flying flying flying flying flying　　flying flying

夢想

落葉嘯來
僅存的陰鬱

無語的雲
擦去天空
一片黑幕

我還是想念著
你遠如
長浪般的溫柔

　如果
層層的偽裝
暫時的不流淚

哀傷的思潮
會即興演出
未拾的懸掛

無意識的創造
需要未來
美麗的觀景

相思長廊
已延伸至天際

傳說中的淨地
　　將在
最後一個夢境
　　出現

淨土

無力挽回　困在情緒裡的　淚痕　距離是　彼此最真的擁有

完美的距離

所有的色彩
緩緩飄落
暄曄的春日

風是
你錯落在
感傷季節中
來不及詮釋的承諾

或許
單純的偽裝
也是一種罪惡

我思念不到
你飛翔的國度

如黑夜
無法達成
每一顆星子的希望

在時間的長河中
寫不盡的
鹹酸與苦澀
緊緊繫住
幸福的真意

心在無盡的墜落中
　　畫下
完美的距離

淨土 flying flying flying flying flying flying

想念是一種縹緲的　不易捉摸的情緒　但也可以創造一個
鮮活的場景

沒有風的訊息

一場走失的光燦
在寂靜的早晨
航行在
無法追查的舊事

生命的平凡
透露些許的完美

是否未來你的夢
無法到達我所在
我不敢仰望
茫然的天涯

一個塵埃
原是一個
悲劇的主角

我只是
從那窄門裡
與時間同在的夜潮

　仍掛念
思念與淚滴
交織的深處

仲夏與最後一片白雲
迅速更替

我一直留在
無言無語的地方

淨土 flying flying flying flying flying flying

你說　要當我一輩子的　翠綠　湛藍

我們拖曳著　壯麗的星光
　　蔓延開來的　點點星爍　留下一頁頁　想念的見證

寫給3月9日

我還不懂得等待
你步伐裡　穿戴
潔白的舞曲

深夜已埋下
春天的悠念
我們不再迷航
為3月9日的藍天
　　勁舞

沾露的塵煙
總是來得太早

我們讓微微的幸福
流動著
像一朵
日暮的笑容

用回憶抗拒
逆風吹起的傷痛

用一種焚燒的言語
擱置我們
軟弱的心願

我們的夢
在充滿光耀的土壤上
　　縈根
並綻開
紛飛的暖香

時間將耐心等候我們
退去年華

淨土

消失的歲月　變色如秋葉

　　　　　　奔馳於　風中的微溫

真相

時間的節奏
迸裂成晶瑩的夢

用千萬個字句
圖騰
我最真的情懷

消失的歲月
變色如秋葉
奔馳於
風中的微溫

我為你裝飾
春天的風景

你遙遠的手撫
如一道
霓虹般亮麗

滿是希望的沈默中
　　　等你
記憶重複轉回
你的方向

我們尚未找到
燦爛的落日

疲倦的心
已開始領悟
想念你的全部

有你存在的
生命所有的好
要我收藏
傷殘無助的眼淚

淨土 flying flying flying flying flying flying

你是我要續寫　也要封章的主題

主題

可以將我的思緒
呼風喚雨

也曾賦予我
涵義最深的意境

時時傳遞
永恆燦然的
風和日麗

在我無法
飄動的殘葉上
你為我譜滿了
華美的旋律

也曾取代
我全部的
視野與想像

我無需奮力呼喊
你就能為我刻下
幸福的烙印

你是我要續寫
也要封章的主題

逐漸遺失　流浪的苦澀

凋蓄的倒影　在黑白輪迴中　創造了　回憶的窗口

悟

前世的誓言
今生的命題
都成了
無法停靠的驛站

故事之後
那些刻意的約定
再度變動

沒有標誌的
十字路口
只透露
殘餘的陳年往事

關於青春的日子
關於精彩絕倫的相遇
已日益消瘦

　　傳說
只存在
蒼白的夢裡

塵封的思緒
已成無法觸及的寧靜

在強烈的
風雨電閃中
我們的幻覺只是
末世的先知

淨土

在城市的天空　在無際的草原　我們期待的只是

錯彈了的一個音符

旅行

用一千個夢想
　堆積成
滿是理想的輪迴

夜影緩緩點亮
天空之外的光芒

漂泊的微風
　已喚醒
感傷的季節

沒有音符的記錄
已被失足的雨聲深鎖

我會追逐著
與你相同的律動

在這趟旅行中
用思念
不斷烘焙
慈悲的人生

那些尖色而
殘酷的際遇
會在宿命的隱密深處
　　熄滅

從青春到最後一刻
讓希望的種子
隨緣落腳

延伸的草地
會明白
我們的過去與未來

淨土 flying flying flying flying flying flying flying

得尖之間　澄澈一道　無風的宣言

那些太遙遠的夢想　喝下一口口　冷冷的惆悵

紀念

雖然不是
相隔萬里
我們已各自遠行

對彼此的思念
如詩如畫

相信你一定明白
你的想念是
我的滿足

我們已接受
想像的憶苦思甜

在我每一頁初稿上
　　紀念著
那無私的思念

時間的等待
用來分享
豐彩的懷想

帶走我們的往事
還沒有過去
　　　只是
短暫歇息在
你悄悄帶走的
夢境

淨土 flying flying flying flying flying flying flying

從逐章逐句的喟嘆　從顫動的筆觸　如何抹去

想念你的心事

我細細在　夜的彌漫中　尋找　你永新的惦記

遲來

綺麗的情誼
是一張
永恆的詩草

可以捕捉一生
無盡的夢想

忐忑的吶喊
總是要迫降
情感的曲線

傾記的傷口
已經很舊很舊了

我們要甜甜的佔有
並接受　旅途中
每一次離去的形式

生命是風的搖動中
片刻寬闊的雨勢
我們無法渡向
循著回憶的苔痕

　　此刻
我將成為
守候你
不輕響的旋律

該如何告訴你
蜷伏於一種殘酷
　　叫思念

淨土 flying flying flying flying flying flying flying

願 時光　漫漫長長　分分秒秒　都是我們美麗的付出

不散

幽光點點的旋律
休止於時間的碎片

追尋往事的文字
讀取你浩瀚的胸懷

用淚水塑成
如幻的理想國度

懷念你
嵌在我心中
幻滅與甜蜜

剔透的雨聲
始終沒有落盡

等待冷寂的餘生
　　　賦予
多情不變的心意

孤獨不是選擇
而是無盡的忠誠

弦月引燃
失意的夢

而你的光芒
成為我不盡言語的明寐

淨土

我不捨得　你每一片　漂流的回音

宛若　時空有別境　那永不落幕的序曲

　　　　　一直為過去　現在　未來　做見證

Dear C J

感念你

我們之間　不需要
時間和空間的緣故
我的思緒
可以領你到
終點不定的世界

想念是一片
堅強的風
每一漂浮
都是最驚險的流浪

在記憶的冷烈中
　　寫滿
你未能明白的懷念

整件事的始末
無法還原

迷路的夢
會從新來過

熟悉的言語
將會殘留

回首你淡淡的牽痛
那是無法相逢的遙遠

我不會走出
你知道的那個清晨

淨土 flying flying flying flying flying flying flying

在縹緲與奔騰的間隙裡　我的等待是　隱匿無聲的旋律

延續灌溉與　重複不變的演繹　代表我的真心

重要

就像不到荒年
　　牽著
為你永久點亮的夢寐
輕繫在我世界
每一個角落的你

所有朦朧的傷痕
是我行囊的安歇處

我們的情誼是
築在永恆深沉的光明
為一個小小彩色的宇宙
　　　懷抱
倉促成軍的思念

昨日的時光
原來並未真正灰燼

我們共存的希望
沒有垂喪的期許

在縲紗與奔騰的間隙裡
我的等待是
隱匿無聲的旋律

延續灌溉與
重複不變的演繹
代表我的真心

朵朵愛幻想的雲
是我們最後的徵兆了

淨土 flying flying flying flying flying flying

如果　明天以後　即使沒有幸福的空間

隔著荒漠的希望　我默默在腦海裡　無疆無界地留戀你

留戀

雨季像一幕
思念的陰影
　　長存於
斷續的記憶

暖暖懷抱
情緣的煙花
　　停步在
往事蔓草間

我們會相逢在
晝與夜的源頭

在理性與非理性的嚮往
　　續一個
來生

我滿腔的抱負
再次得到你的庇護

我將認定
你漫無的
承諾與寬心

回憶是一生
無法結局的冊頁

　如果
明天以後
即使沒有幸福的空間

隔著荒漠的希望
我默默在腦海裡
無疆無界地留戀你

141

淨土

flying flying flying flying flying flying flying

不忘你淺淺駐足　永遠珍惜這份相識　不敢侵擾
　　　　　　　　　　　爲你潛藏的夢境

滿滿的感恩　一點點的失落　就是我的幸福

晚景

請留心
我為你呵護著
魔境散落的雪花

關於
幸福快樂的結局
並不重要

反時鐘的視野
會提供
小小的證據

我們都要把握
註定徹夜守著的承諾
儘管心已到達不了
始終落在
幻想出發點的居地

短暫的停靠
只能帶起
無路可通往的孤寞

　不要猶豫
為我們存在的
廣漠豐盈的淨地

全世界　將重視
我們情誼不墜
並尊守接受
我們的故事

早臨的芬芳
將伴隨我們
渺小地
曲折向前

國家圖書館出版品預行編目

淨土 / 陳綺著. -- 一版. -- 臺北市：秀威資
訊科技，2006[民95]
    面； 公分. --（語言文學類）

ISBN 978-986-7080-82-0（平裝）

851.486   95015794

 語言文學類　PG0112

淨　土

作　　者 / 陳　綺
發 行 人 / 宋政坤
執行編輯 / 魏良珍
圖文排版 / 莊芯媚
封面設計 / 莊芯媚
數位轉譯 / 徐真玉、沈裕閔
圖書銷售 / 林怡君
出版印製 / 秀威資訊科技股份有限公司
　　　　　台北市內湖區瑞光路583巷25號1樓
　　　　　電話：02-2657-9211　　傳真：02-2657-9106
　　　　　E-mail：service@showwe.com.tw
經 銷 商 / 紅螞蟻圖書有限公司
　　　　　台北市內湖區舊宗路二段121巷28、32號4樓
　　　　　電話：02-2795-3656　　傳真：02-2795-4100
　　　　　http://www.e-redant.com

2006 年 8 月　BOD 一版
定價：180元

讀 者 回 函 卡

感謝您購買本書，為提升服務品質，煩請填寫以下問卷，收到您的寶貴意見後，我們會仔細收藏記錄並回贈紀念品，謝謝！

1.您購買的書名：_____

2.您從何得知本書的消息？

　　□網路書店　□部落格　□資料庫搜尋　□書訊　□電子報　□書店

　　□平面媒體　□ 朋友推薦　□網站推薦　□其他_____

3.您對本書的評價：(請填代號　1.非常滿意 2.滿意 3.尚可 4.再改進)

　　封面設計____　版面編排____　內容____　文/譯筆____　價格____

4.讀完書後您覺得：

　　□很有收獲　□有收獲　□收獲不多　□沒收獲

5.您會推薦本書給朋友嗎？

　　□會　□不會，為什麼？_____

6.其他寶貴的意見：_____

_____

_____

_____

讀者基本資料

姓名：_____　年齡：_____　性別：□女 □男

聯絡電話：_____　E-mail：_____

地址：_____

學歷：□高中(含)以下　　□高中　　□專科學校　　□大學

　　　□研究所(含)以上 □其他_____

職業：□製造業 □金融業 □資訊業 □軍警 □傳播業 □自由業

　　　□服務業 □公務員 □教職　□學生 □其他_____

秀威與 BOD

BOD（Books On Demand）是數位出版的大趨勢，秀威資訊率先運用 POD 數位印刷設備來生產書籍，並提供作者全程數位出版服務，致使書籍產銷零庫存，知識傳承不絕版，目前已開闢以下書系：

一、BOD 學術著作—專業論述的閱讀延伸
二、BOD 個人著作—分享生命的心路歷程
三、BOD 旅遊著作—個人深度旅遊文學創作
四、BOD 大陸學者—大陸專業學者學術出版
五、POD 獨家經銷—數位產製的代發行書籍

BOD 秀威網路書店：www.showwe.com.tw
政府出版品網路書店：www.govbooks.com.tw

永不絕版的故事・自己寫・永不休止的音符・自己唱